Пекло

Колекція Творів Мистецтва
72 Картини

від

Діно Ді Дюранте

Пекло
Колекція Картин
від
Діно Ді Дюранте

Перше Видання
10 9 8 7 6 5 4 3 2 1

Бібліотека Конгресу США VAu 1-189-270

ISBN-10: 1628790261
ISBN-13: 978-1-62879-026-9

Аби придбати книгу гуртом, будь ласка, зверніться
до представника компанії:

Gotimna Publications, LLC
www.GotimnaPublications.com

Аби придбати елемент мистецтва, будь ласка,
зверніться до представника компанії:

Epic Art Collections, LLC
www.EpicArtCollections.com

Я ПРИСВЯЧУЮ ЦЮ РОБОТУ
ДАНТЕ АЛІҐ'ЄРІ,
УЧИТЕЛЕВІ ВСЬОГО МОГО ЖИТТЯ

I

МОЇЙ УЛЮБЛЕНОЇ ЛЮЧІЇ,
"СВІТЛОВІ" МОГО ЖИТТЯ,
ЯКЕ Я УВІКОВІЧИВ В
ОБРАЗІ БЕАТРІЧЕ.

Останній

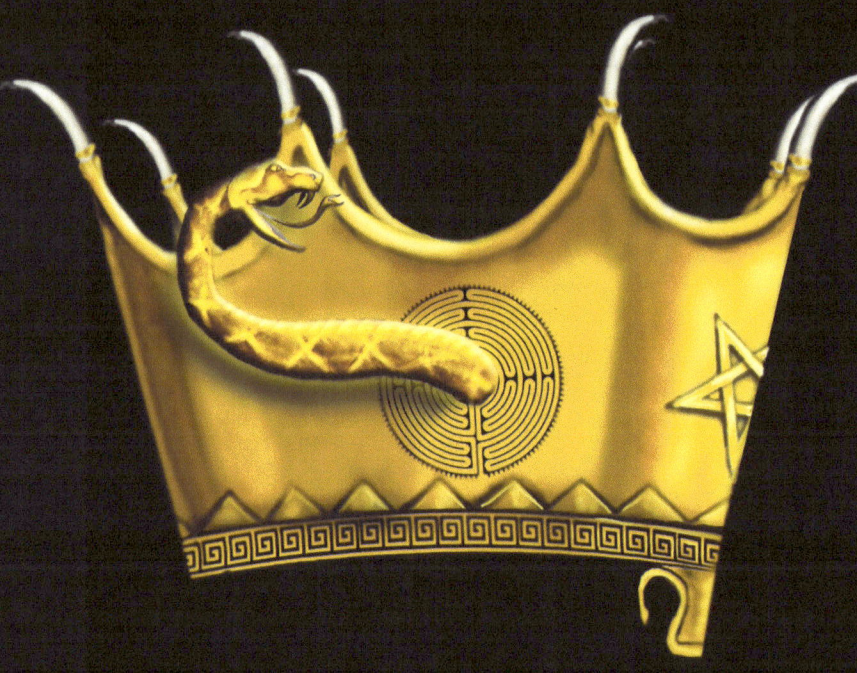

Суд

Вступ

Данте Аліґ'єрі писав свій шедевр "Божественна комедія" між 1302 і 1321рр. З тих пір багато художників протягом семи століть намагалися візуально інтерпретувати його у малюнках і картинах. Серед них були: Сандро Ботічеллі, Джованні Страдано, Вільям Блейк, Франческо Скарамуцца, Амос Наттіні, Гюстав Доре і великий Сальвадор Далі. Гюстав Дорс створив найвідомішу з робіт, яка була вперше опублікована в 1861 році, а через сто років Сальвадор Далі виклав своє бачення в абстрактних картинах. Однак, на думку італійських "Дантологів", тільки один художник - Сандро Ботічеллі, в 1480р. зміг інтерпретувати ідею Данте правильно. Наразі ж митець сучасності прийняв цей виклик.

Діно Ді Дюранте, концепт-художник, взяв на себе завдання відродити "Пекло" Данте на полотні. Його метою є не лише точна інтерпретація шедевру Данте Аліґ'єрі, але й спроба розвинути та вплинути на людей, не знайомих з "Божественною комедією". Представлені ним витвори мистецтва - не чорно-білі літографії Доре, а також не схожі на абстрактні картини Сальвадора Далі, створені набагато пізніше. Натомість, Ді Дюранте пропонує багатий набір барвистих і ретельно промальованих зображень, ніколи раніше не бачених. Його глибокі інтерпретації "Пекла" перевершують спроби всіх інших, хто намагався проілюструвати те, що Данте Аліґ'єрі змалював словами сім століть тому.

Візуальна подорож Діно Ді Дюранте Дантовим "Пеклом" розпочалася в 2007 році з ідеї створення графічної новели, який незабаром розрісся до цілої книги ілюстрацій, і завершилася в 2014 році. Приводом для довгої і кропіткої роботи було те, що Ді Дюранте сам по собі художник-фантаст і арт-директор, і вимагає самовідданості, стилю та уваги до деталей як від інших, так само і від самого себе. Частина його великої колекції мистецтва була використана в двох конкурентних анімаційних фільмах англійського та італійського виробництва під назвами "Dante's Hell Animated" і "Inferno Dantesco Animato" відповідно. Повна колекція з 72-х витворів унікального мистецтва Ді Дюранте представлена у фільмі "Inferno by Dante" за участю більше 30 видатних осіб, професорів і Дантологів США, Італії та Ватикану.

Натхненні образи Ді Дюранте та його викладення епічної поеми Данте втілюються в життя у цих фільмах. Глядач подорожує із Данте та Вергілієм різними рівнями Пекла, споглядаючи приголомшливі зображення покарань грішників, що іронічно та вкрай детально описувалися самим Данте. Подорожуючи із персонажами анімаційних фільмів, ми відчуваємо себе мимовільним спостерігачем, що наче помилково опинився у темному й проклятому світі, бачити який при житті не дозволено нікому. Тепер усе натхненне мистецтво Ді Дюранте, представлене у вищезазначених фільмах, міститься в даній книзі.

Діно Ді Дюранте доклав усіх зусиль, затіявши дивовижну та ризиковану справу, аби відродити першу частину "Божественної комедії" Данте Аліґ'єрі, світового шедевру, в усіх можливих формах. Починаючи з візуалізації декількох фільмів, створену Ді Дюранте, і до книги, що ви зараз тримаєте у руках; ніхто не в силах перечити – це праця створена любов'ю.

Перегорніть сторінку і насолоджуйтеся!

Арманд Мастрояні
Режисер / Продюсер

Передмова

Мені було шість років, коли я почав писати аквареллю, але дуже швидко переключився на темперні фарби, тому що мені подобалося, який вони давали контроль над процесом малювання. Я писав персонажів Діснея по дереву, оскільки міг отримати його безкоштовно. Кілька років потому я перестав малювати, зайнявшись музикою, фотографією тощо. Після коледжу я знову взяв до рук пензля, але цього разу використовуючи акрилові фарби на полотні, і стиль живопису змінив на вільний, хоча був добре знайомий з абстракцією.

"Божественна комедія" – книга, що часто згадувалася у колі моєї сім'ї і активно обговорювалася. Я з нетерпінням чекав того часу, коли матиму шанс "вивчати" її у коледжі при Університеті Каліфорнії в Лос-Анджелесі, куди вступив на інженерний факультет. Профілюючим напрямком я обрав наукову освіту, але також із вивченням італійської літератури. Однак, прибувши до університету Лос-Анджелеса, я не відвідав жодного з технічних семінарів, а натомість зайнявся виконанням всього необхідного по непрофільному предмету, підписавшись на лекції з вивчення "Божественної комедії", а потім повного зібрання творів Данте Аліг'єрі. Це був найкорисніший досвід, що я отримав за увесь термін навчання у коледжі. "Божественна комедія" змінила моє життя у багатьох відношеннях. Я був повністю зачарований подорожжю у життя після смерті, яким мене провів Данте. Тим не менш, це було дуже важко для мене і, аби уявити собі історію, під час читання я користувався ілюстраціями Гюстава Доре, які іноді вводили мене в оману. Я не міг знайти що-небудь більш підходяще у бібліотеці, адже в ті часи всесвітньої мережі Інтернет ще не існувало.

Тож, багато років потому, я почав роботу над серією графічних новел про "Пекло" Данте для журналу. Того ж самого часу, я отримав можливість працювати над фільмом, на ту саму тематику під назвою "Inferno by Dante". Після того як я зробив деякі дослідження, то дійшов висновку, що в суспільному надбанні було не достатньо мистецьких здобутків, з яким би для кінострічка стала довершеною. Тому я вирішив змінити курс, перервав серію для журналу і розпочав нову подорож у "Пекло", Коло за Колом, з самого початку ("Темний Ліс") і до кінця ("Зорі Чистилища").

Сандро Ботічеллі, який в 1480 році інтерпретував "Божественну комедію" майже ідеально, став моїм провідником, направляючою рукою, а пізніше Дантолог Рікардо Пратезі також зробив свій вклад, висловивши деякі зауваження стосовно неточностей у моїй роботі. Він звернув мою увагу, на кілька помилок, які мають буди виправлені, якщо я хочу створити серйозне трактування "Пекла" Данте - як на картинах, так і в кіно. Таким чином, коли Рікардо запропонував мені свої безкоштовні послуги консультанта, я скористався цією можливістю, тим більше що він любить Данте так само сильно, як і я. До того моменту, як Рікардо приєднався до моєї команди, я вже працював з Аветіком Балаяном, котрий допомагав мені з розробкою дизайну сцени, а також вніс поправки, необхідні, аби явити світу колекцію картин, не бачених ніколи раніше. Всі деталі, багаті кольори і точні образи були досягнуті завдяки їм обом, Рікардо і Аветіку, а також безцінним ескізам і картинам Сандро Ботічеллі.

Dino Di Durante

Подяка

Насправді, людей, яким я хотів би висловити свою подяку, так багато, що цієї сторінки не вистачить, і справа тут не тільки у розмірах, але й в словах.

По-перше, я маю висловити подяку Богові за те, що він дарував мені неймовірну місію – донести дивовижність "Божественної комедії" всім і кожному на цьому світі.

Данте Аліг'єрі, хто пробудив мене, показав реальний світ і спосіб знайти себе, і розгледіти місію мого життя.

Моїй дорогій Лючії, котрій я не тільки присвячую всю мою роботу, а й повинен подякувати за безоглядну любов, підтримку і те сяйво, що вона подарувала мені

Моїй матері за беззастережну любов і підтримку, адже завдяки їй я почав малювати у віці шести років.

Карлосові, який першим проклав шлях, аби я міг виконувати свою місію в житті.

Окрема подяка Рікардо Пратезі, без його допомоги ця візуальна інтерпретація "Пекла" Данте була б вкрай неточною.

Моєму другові та режисеру фільму - Арманду Мастрояні, хто не тільки написав Передмову до цієї книги, але який завжди був готовий дати відгук і запропонувати свою думку.

Професорові Массімо Чіаволелла, який з самого початку був шанувальником моєї роботи, завжди тримав відчиненими для мене двері на кафедрі італійської мови Університету Лос-Анджелесу. Крім того, за можливість представляти частину моєї роботи в Університеті Риму "La Sapienza", Італія.

Пабло Ачугарі – за те, що вірив в мою роботу і те, що відкрив для мене двері в один з найпрестижніших фондів ексклюзивного курорту Пунта-дель-Есте, Уругвай, де я мав можливість представити 50 картин колекції "Пекло" на початку 2011 року.

Моєму дорогому другові Джефу Конавею, одному з найперших шанувальників, підбадьорював мене не спинятися, незважаючи на довгу і тяжку роботу.

Усім фахівцям, які допомогли створити цю книгу, та встали до строю, аби заохочувати інших приєднатися до вивчення моєї роботи.

Марії Фонрабе за переклад книги українською мовою.

Зрештою, але не в останню чергу, я хотів би щиро подякувати не тільки своїм колегам, а й усім, хто також був частиною мого творчого шляху.

Dino Di Durante

Введення

Колекція витворів мистецтва "Пекло" виставлялася з 12-го січня по 28-ме лютого 2011 року на ексклюзивному курорті Пунта-дель-Есте, в Уругваї за участі Фонду Пабло Ачугарі як "Незавершена творчість". У той час, колекція налічувала лише п'ятдесят картин.

Багато пізніше, у липні 2014 року, я мав можливість представити практично готову колекцію на конкурсі "Comic Con" в Сан-Дієго, штат Каліфорнія. Створення всієї колекції творів, сімдесят дві картини, "Пекла Данте" зайняло сім років, від з початку 2007 і до серпня 2014 року. Кожна ілюстрація має більш ніж п'ятдесят версій, а деякі навіть більше ста, але існує тільки одне остаточне зображення.

ожна ілюстрація, віддрукована в цій книзі, супроводжується коротким описом унизу, тож ви легко можете слідувати історії. Крім того, QR-коди, надруковані під кожним зображенням, що можуть бути зчитані смартфоном або планшетом, додають низку переваг, аби полегшити розуміння цього складного оповідання. Сканування жовтого QR-коду дозволяє читати текст конкретного уривка в нашій безкоштовній електронній версії книги "Пекло". Сканування срібного коду активує опцію придбання конкретної фотографії різних розмірів та форматів.

Я працював дуже важко, аби полегшити вам розуміння цієї повчальної і досить складної поеми. Для того, щоб виконати це завдання, я спробував уявити самого себе у Пеклі, якби мав можливість бачити на 360 градусів навколо себе, і візуалізував побачене мною для вас у даній мистецькій колекції. Тепер у вас є шанс бути моїм суддею і дайте мені знати, чи досяг я своєї мети.

Данте Аліг'єрі написав свій літературний шедевр, "Божественну комедію", для нас, аби ми дізналися, що є наше життя - минуле, сьогодення і майбутнє. З кожним кроком, що наближав мене до кінця цієї захопливої і вражаючої мандрівки, я сподівався, що моя робота стане справедливим баченням шедевру Данте і візуально передасть його повідомлення так, що ви зможете віднайти мету в своєму житті.

Хай благословить вас Господь!

Dino Di Durante

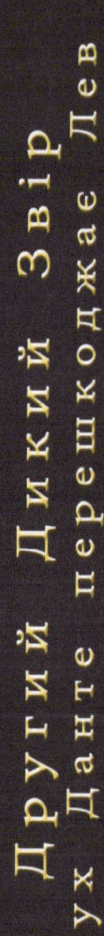

Третій Дикий Звір
Рух Данте перешкоджає вовчиця

Поява Вергілія

Вергілій захищає Данте від голодної вовчиці

Данте Обіймає Вергілія

Данте здивований появою свого героя

Беатріче Спускається з Раю у Лімб
Вергілій захоплено спостерігає

Беатріче Частково Матеріалізується в Лімбі
Вергілій вклоняється Беатріче

Місія Вергілія

Беатріче просить супроводити Данте крізь Пекло і Чистилище

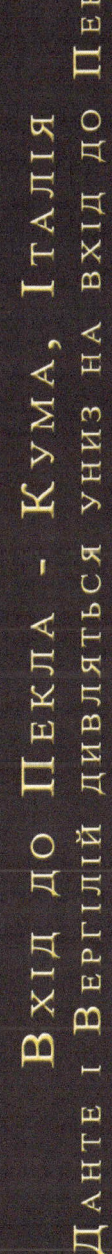

Вхід до Пекла – Кума, Італія

Данте і Вергілій дивляться униз на вхід до Пекла

Пекельні Ворота

Шифр над ворітьми іудейським письмом: "Крізь мене..."

Печера до Пекла

Данте і Вергілій йдуть до міста болю

Панорамний вид Пекла

Данте і Вергілій входять до пекла і споглядають 9 Кіл тортур

Схема Пекла – 9 Кіл та їх підрозділи

Лінь та Прибуваючі Грішники

В очікуванні перевезення по річці Ахерон

Харон - Демон з Палаючими Очима

Харон прибув, щоб привезти грішників до іншого берега

Харон Протистоїть Поетам
Данте наляканий і ховається за Вергілія

Dino Di Durante

Данте Непритомніє

Харон б'є грішників, а Данте не може спокійно дивитися на їх страждання

Данте Падає

Він оточений грішниками, Вергілій підтримує його

Переппливаючи ріку Ахерон
Харон транспортує грішників із Данте та Вергілієм

1ше Коло – Лімб

Данте і Вергілій прибули до замку з сімома мурами

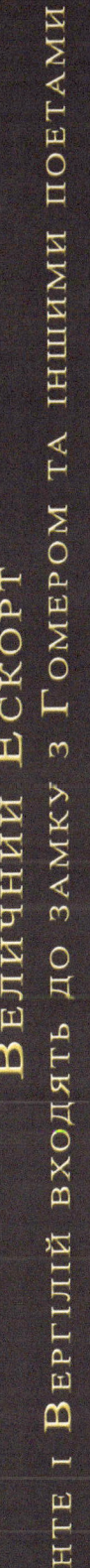

Величний Ескорт

Данте і Вергілій входять до замку з Гомером та іншими поетами

Великі Душі в Лімбі
Данте і Вергілій зустрічають Сократа, Юлія Цезаря, Аристотеля...

Завойовник

Великий полководець, який помилував переможених Хрестоносців

Мінос – Пекельний Суддя

Прибулі грішники відбувають суд і відправляються до визначених їм Кіл

2ге Коло – Хтиві
Клеопатра і Марк Антоній

2ге Коло – Хтиві

Данте непритомніє перед Паоло і Франческою

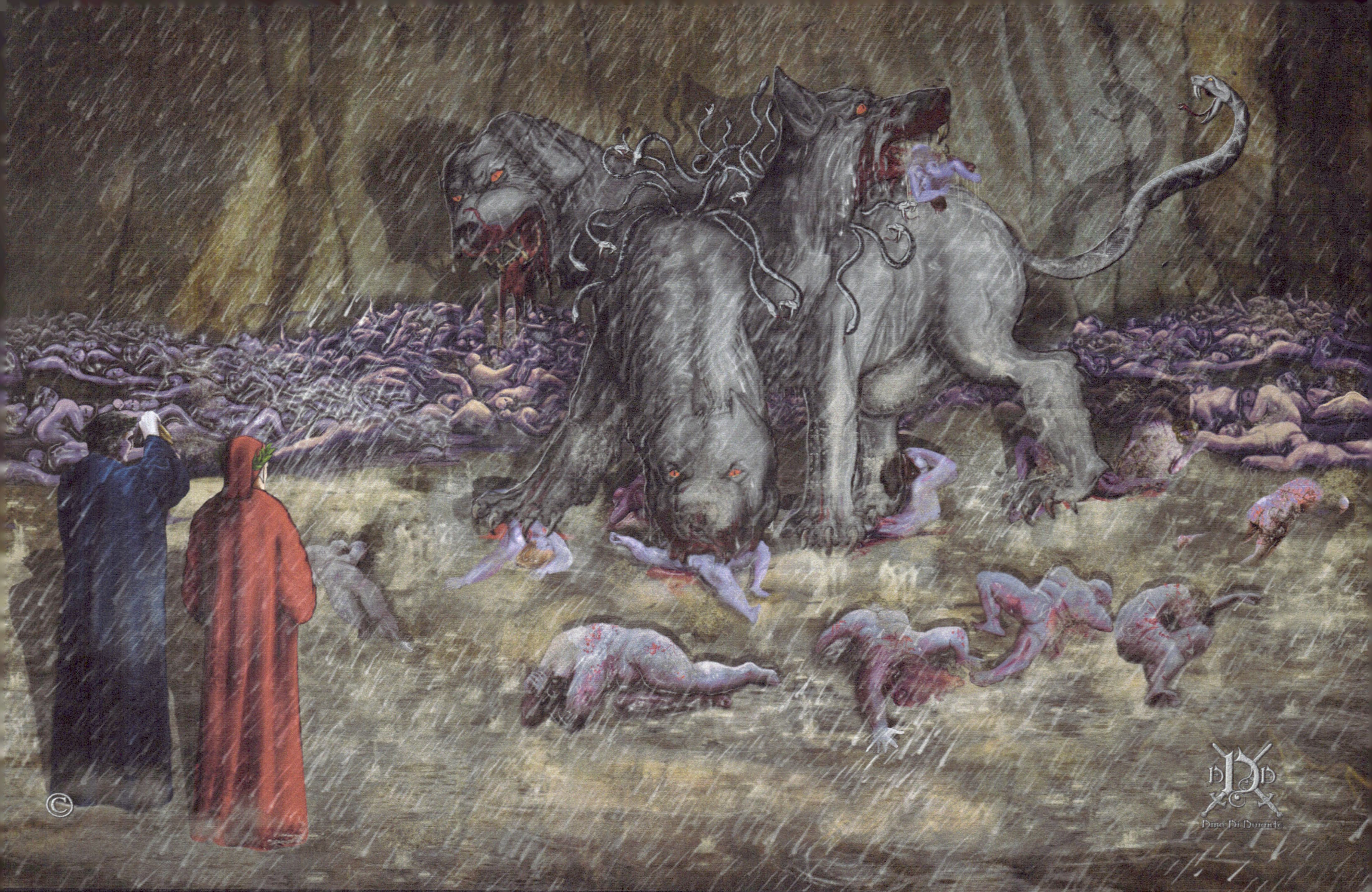

3тє Коло – Черевоугодники

Вергілій кидає бруд Церберові, аби заспокоїти його

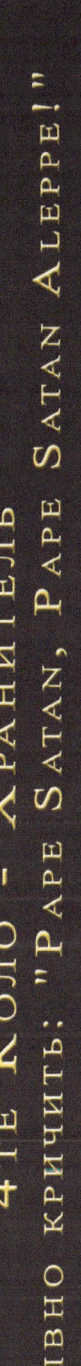

4те Коло – Хранитель

Плутос гнівно кричить: "Pape Satan, Pape Satan Aleppe!"

4те Коло – Скнари і Марнотратники

Грішників зіштовхують один з одним і обертають навколо себе

Три Фурії з'являються над Муром Міста Діте

Вони погрожують викликати Медузу і Вергілій затуляє Данте очі

Демони Перекривають Вхід до Міста Діте
Вергілій пояснює, що Данте прибув з місією від Бога

З'являється Посланець Бога

Він пливе річкою Стікс до входу у місто Діте

АНГЕЛ ПРОГАНЯЄ ВСІХ ДЕМОНІВ І ВІДКРИВАЄ ДВЕРІ В ДІТЕ
ДАНТЕ ВКЛОНЯЄТЬСЯ ЙОМУ, І ОБИДВА ПОЕТА ПРОХОДЯТЬ ДО НИЖНЬОГО ПЕКЛА

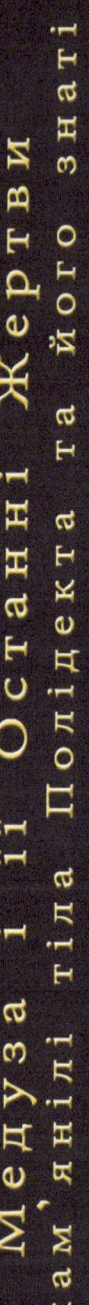

Медуза і її Останні Жертви
Скам'янілі тіла Полідекта та його знаті

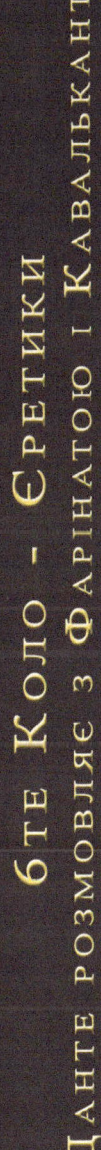

6те Коло – Єретики

Данте розмовляє з Фарінатою і Кавальканті

7ме Коло – Наглядач Насильників
Мінотавр залякує Данте при виході на схил

Данте і Вергілій спускаються донизу, де їх стрічають Хірон, і Несе

7ме Коло: Перший Пояс – Вбивці в Киплячій Крові
Вергілій левітує. Несе переносить Данте через річку Флегетон

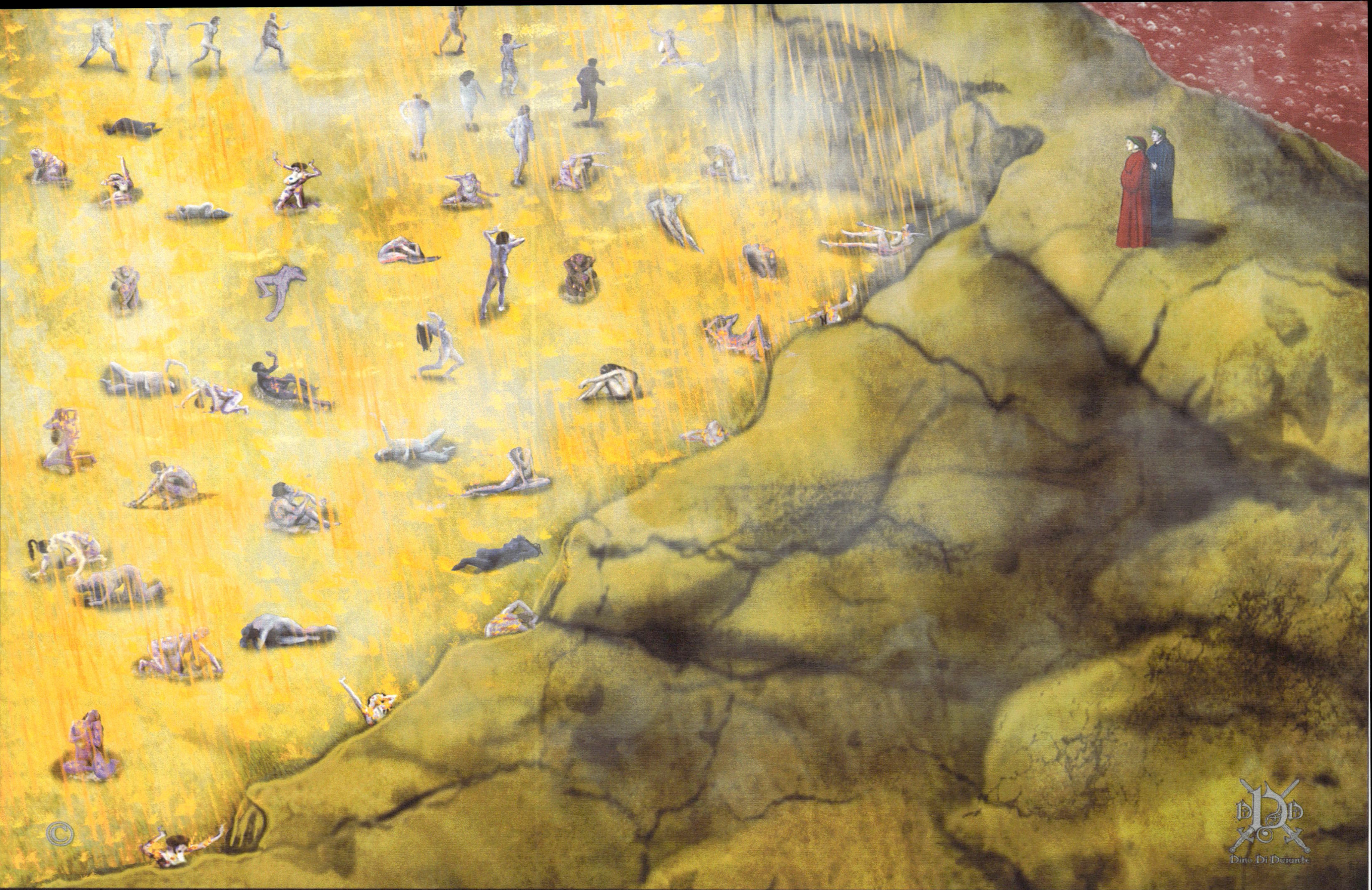

7ме Коло: Третій Пояс – Насильники під Вогненним Дощем
Богохульники, содоміти і лихварі

Прірва

Вергілій подає знак Геріону, скинувши мотузку Данте у прірву

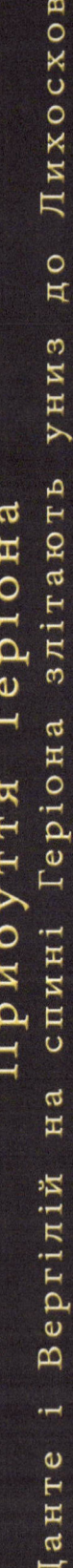

Прибуття Геріона

Данте і Вергілій на спині Геріона злітають униз до Лихосхов

Приземлення Геріона
Данте і Вергілій спускаються у Лихосхови

8ме Коло, Лихосхови і Дев'яте Коло Під Ними

8ме Коло, Лихосхови, Лицеміри – Перший Схов
Звідники та спокусники рухаються під бичем демонів

8ме Коло, Лихосхови – Лицеміри: Другий Схов
Підлесники у Озері з випорожнень

8ме Коло, Лихосхови - Лицеміри: Третій Схов
Святокупці головою закопані в ями; їх ноги палають вогнем

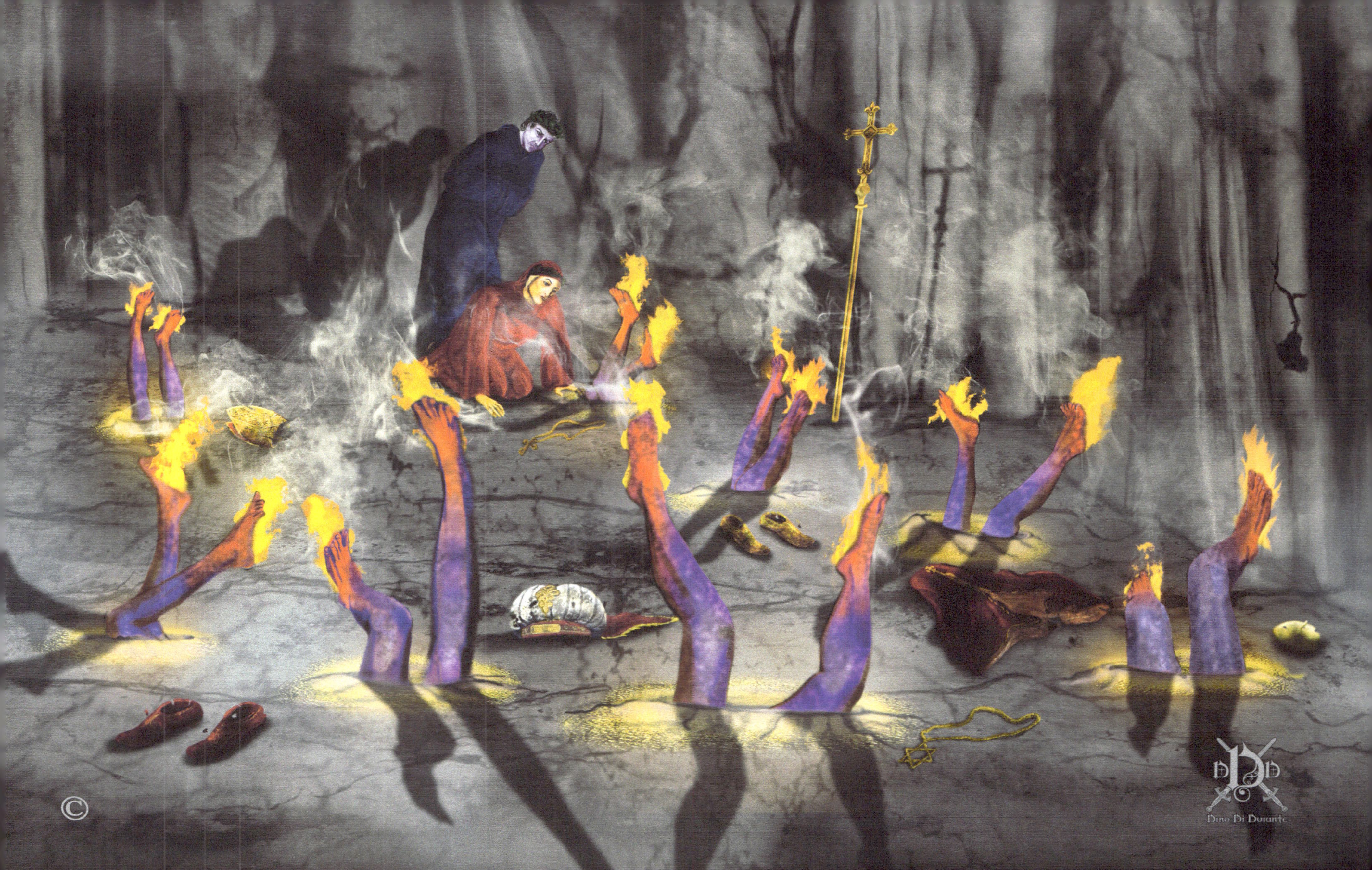

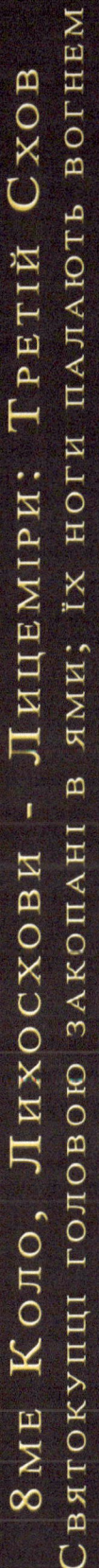

8ме Коло, Лихосхови – Лицеміри: Четвертий Схов
Маги, Астрологи, і Лжепророки

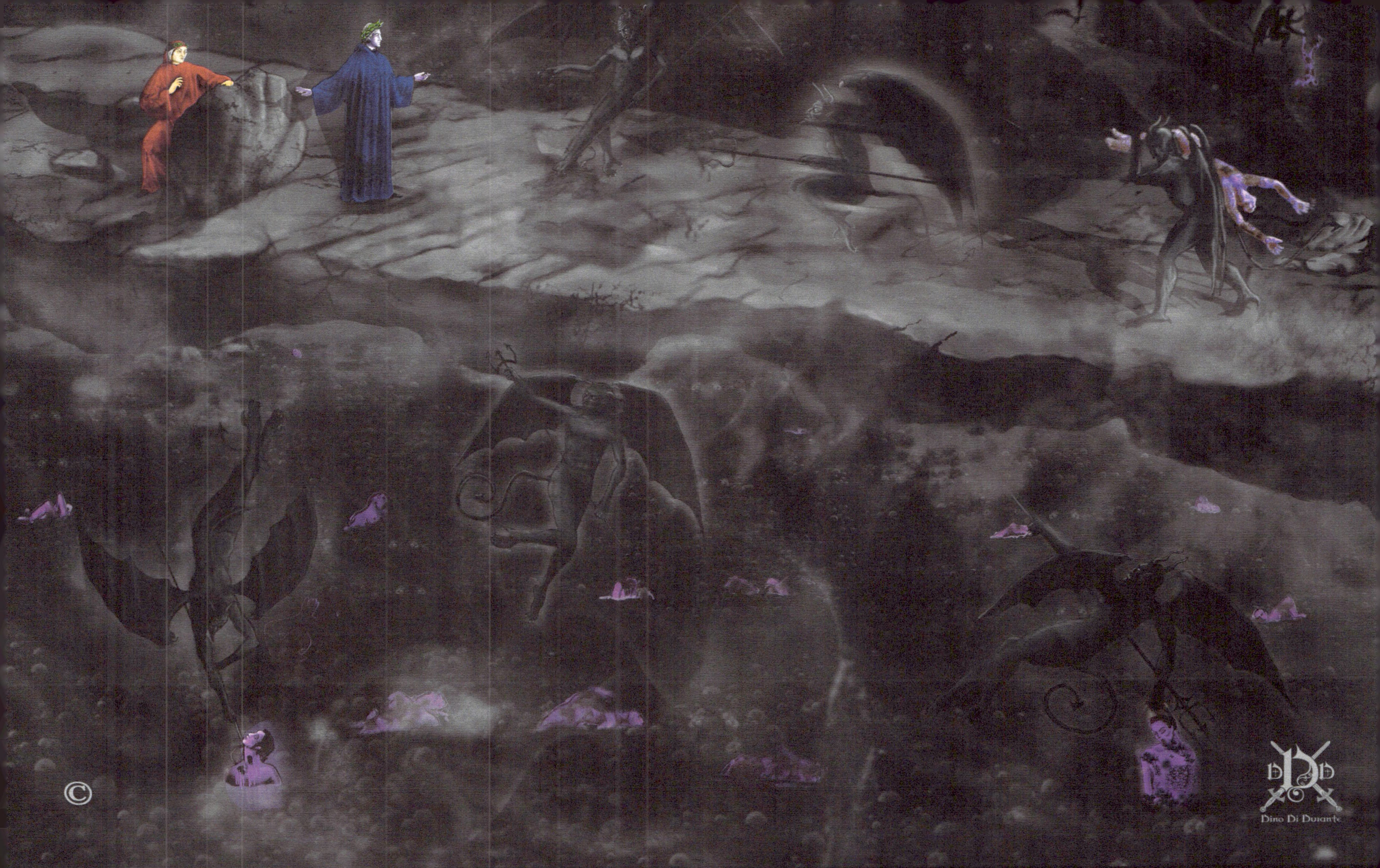

8ме Коло, Лихосхови - Лицеміри: П'ятий Схов
Хабарники: корумповані політики в Озері палаючої смоли

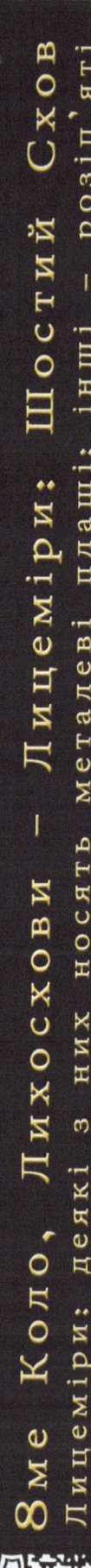

8ме Коло, Лихосхови – Лицеміри: Шостий Схов
Лицеміри: деякі з них носять металеві плащі; інші – розіп'яті

8ме Коло, Лихосхови - Лицеміри: Шостий Схов

Лицеміри: Вергілій показує Данте кам'яні сходи - шлях нагору

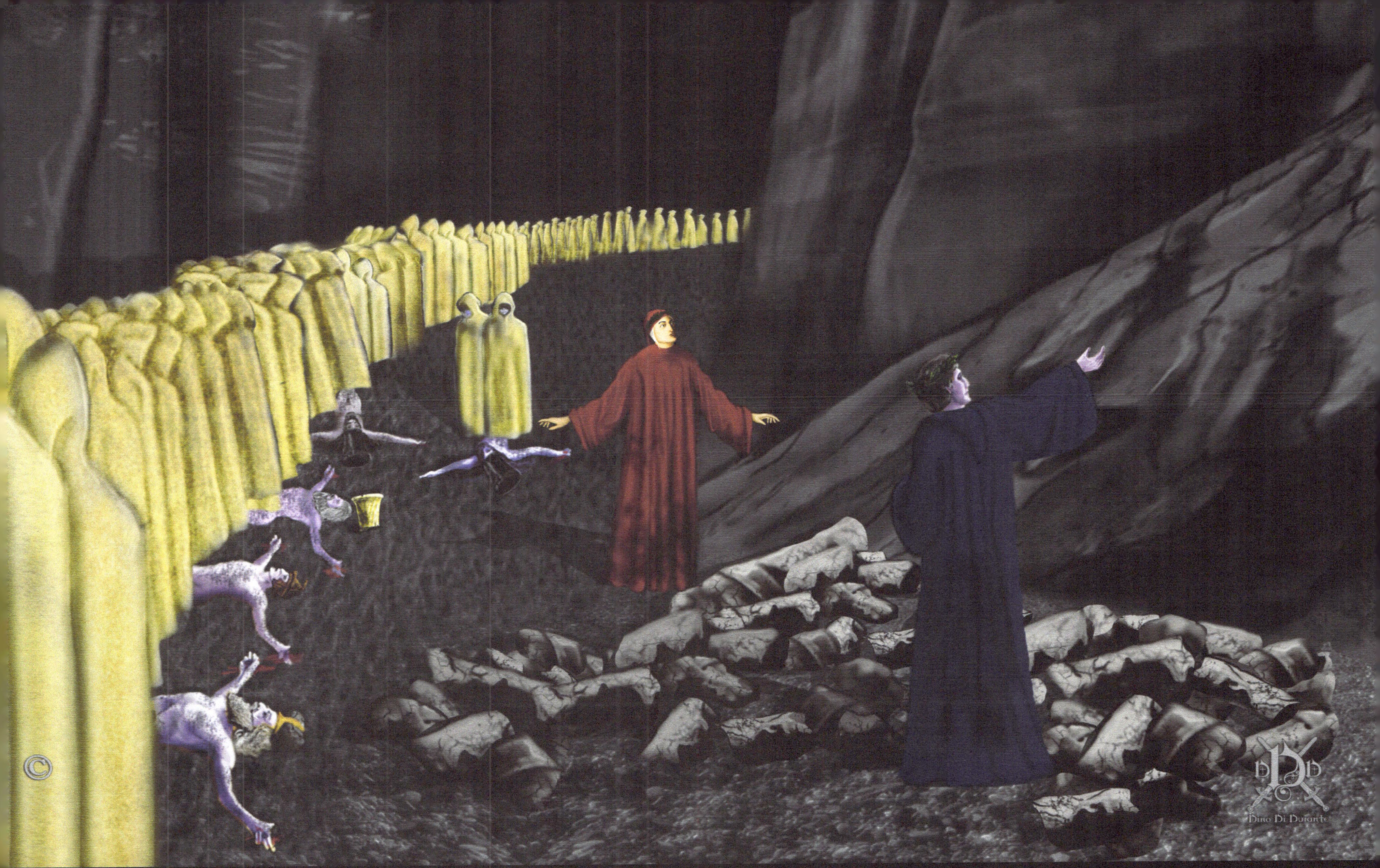

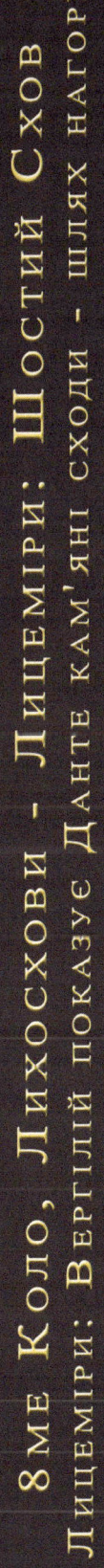

8ме Коло, Лихосхови – Лицеміри: Сьомий Схов

Злодії раз за разом перекидаються у рептилій

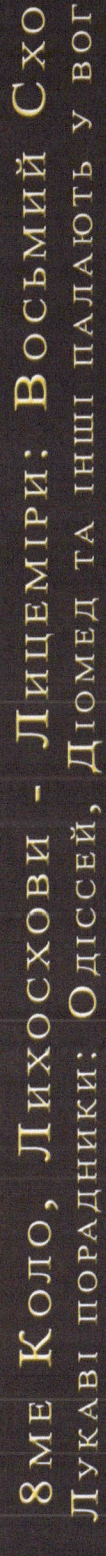

8ме Коло, Лихосхови - Лицеміри: Восьмий Схов

Лукаві порадники: Одіссей, Діомед та інші палають у вогні

8ме Коло, Лихосхови — Лицеміри: Дев'ятий Схов
Призвідників розбрату демони розрубують мечами

8ме Коло, Лихосхови - Лицеміри: Десятий Схов

Фальшівники: Алхіміки, фальшивомонетники, лжесвідки та самозванці

Наглядачі Эго Кола
Гіганти: Ефіальт, Антей і Немврод

9те Коло – Зрадники

Граф Уголіно пожирає голову архієпископа Руджері

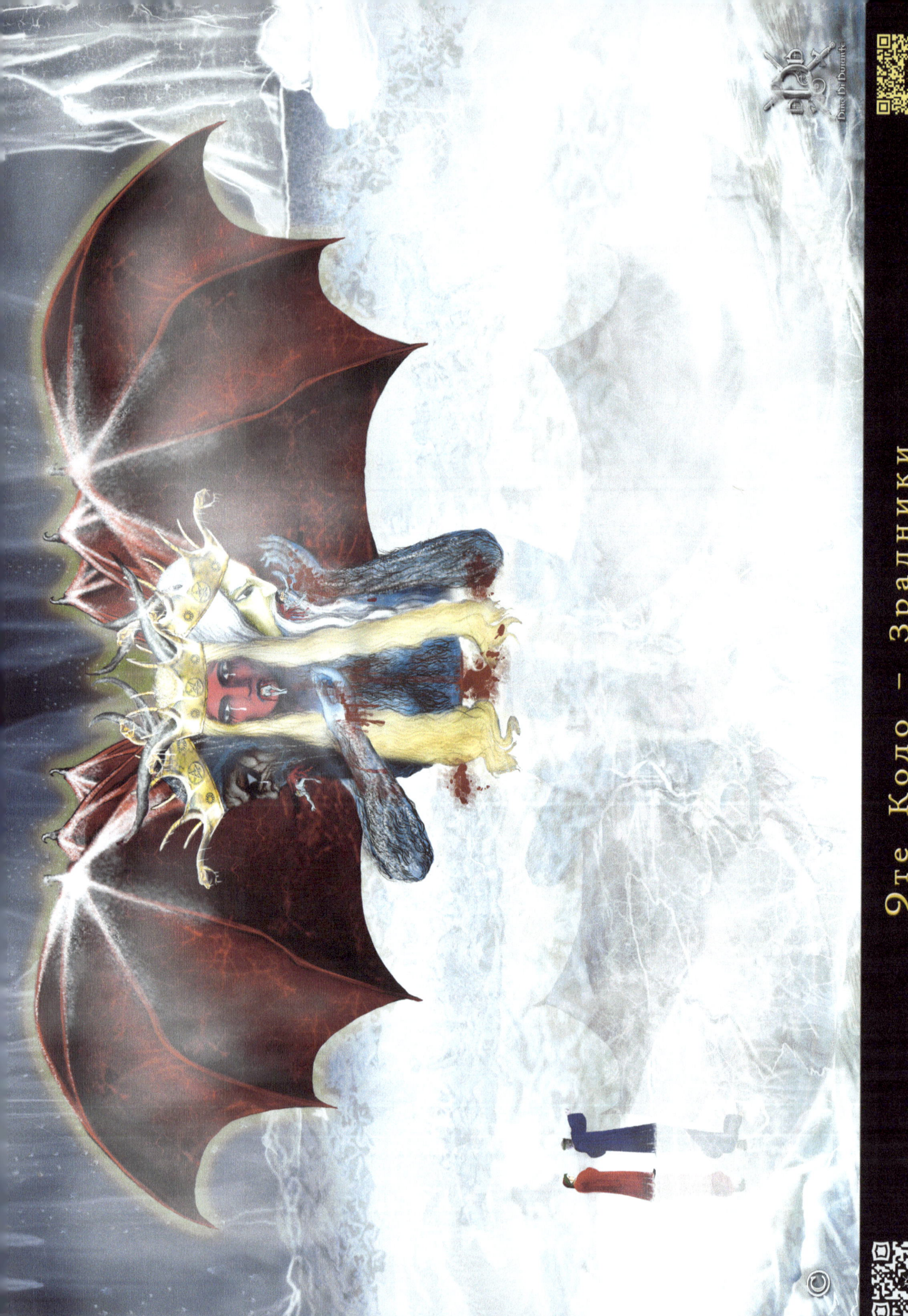

9те Коло – Зрадники

Люцифер з обдертою шкірою жує Іуду, Брута і Касія

Велика Втеча

Вергілій проносить на своїй спині Данте вниз та угору по тілу Люцифера

Геть з Пекла на Люциферові

Данте і Вергілій опиняються на Південній півкулі

До Виходу

Данте і Вергілій йдуть від Люцифера

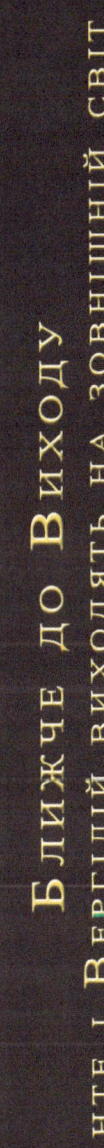

Ближче до Виходу

Данте і Вергілій виходять на зовнішній світ

Проблиск Світла

Поети лицезріють світло, що пробивається крізь щілину у скелі

Приманливе Світло
Данте і Вергілій слідують за променем

Зорі

Данте і Вергілій йдуть за зоряним сяйвом

Вихід в Чистилище

Поети споглядають Венеру і зірки, що відбиваються на поверхні моря

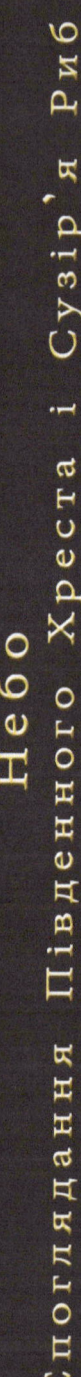

Небо

Споглядання Південного Хреста і Сузір'я Риб

Колаж Пекла

Данте в оточенні Плутона, Міноса і двох Самогубців

Armand Mastroianni
Presents
Dante's Hell Animated
A Film Produced and Directed by Boris Acosta
Artwork by Dino Di Durante
Eric Roberts
Nia Peeples
Vincent Spano
Jeff Conaway
Hélène Cardona
Al Sapienza
Shirly Brener
Rico Simonini
Vanna Bonta
Adrian Paul
www.DantesHellAnimated.com

Armand Mastroianni
presenta

Inferno Dantesco Animato
Regia di Boris Acosta

Vittorio **Gassman** Franco **Nero** Vittorio **Matteucci** Silvia **Colloca** Marco **Bonini** Cosimo **Fusco**

Veronica **De Laurentiis** Susanna **Cappellaro** Arnoldo **Foa** Simona **Caparrini** Mario **Opinato**

Sceneggiatore - Dante Alighieri
Adattamento - Dino Di Durante
Produttore - Boris Acosta
Musica - Aldo De Tata e Maria Eolani
www.InfernoDantescoAnimato.com

www.ingramcontent.com/pod-product-compliance
Lightning Source LLC
Chambersburg PA
CBHW040826050726
47507CB00021B/142